"Mister *Gorbačëv*, tear down this wall!" /

"Signor *Gorbačëv*, butti giù questo muro!"

[Ronald Reagan, Berlino 12 giugno 1987]

Est per vendetta

di Darko Bay (tradotto da Marco Donna)

titolo originale: "East for Vendetta"

Prologo

Se il buio della ragione genera mostri, l'oscurità di quella stanza generava paure ancestrali. La donna tremava, strisciava sul pavimento, cercando a tentoni i confini del letto per raggiungere il caldo rifugio sotto le coperte. Questa volta quel mostro era andato oltre ogni limite della ragione. Il suo corpo pulsava il dolore delle botte che gli aveva dato il bastardo. Era svenuta e lui l'aveva lasciata sul freddo pavimento incurante di lei e dell'amore che provava. Il suo dolce viso era rigato dalle lacrime. Non la picchiava mai sulla faccia. La gente non doveva pensare che la sua donna fosse succube delle sue mostruosità. Lui era una celebrità e non poteva dare scandalo.

Finalmente, le sue mani sottili avevano toccato le morbide pareti della tana in cui si sarebbe rifugiata quella mattina a piangere e tremare e pregare che quel bastardo morisse e non tornasse mai più in quella casa da incubo.

La porta del bagno si aprì e la luce riempì la stanza, illuminandolo nella sua maestosità. Era così bello con la divisa da membro del Ministero per la Sicurezza di Stato. Un fascino a cui non aveva saputo resistere e che l'aveva incastrata in quel brutto sogno. Era elegante con quella uniforme con le classiche mostrine e spalline in coloro rosso fuoco, i pantaloni coevi e le medaglie al petto. Era pronto a trascorrere la giornata con quei perversi dei suoi colleghi mentre lei sarebbe stata tutto il mattino nel letto a recuperare dal dolore che quel bastardo le infliggeva. Non la salutò neanche, nella fretta di tornare al suo lavoro di pericoloso agente della Stasi!

1. La striscia della morte

La striscia della morte era un ampio prato, ingrigito dal freddo e dalla nebbia: un macabro paesaggio da cui si innalzavano, improvvise, le scure torri della Chiesa della Riconciliazione. L'edificio di fine Ottocento, dopo la costruzione del Muro di Berlino, era rimasto in mezzo alla "No Man Land": una chiesa inusata e inusabile, incastrata tra due muri che impedivano l'ingresso ai fedeli. La nebbia, i prati e quel campanile neo gotico erano simboli immobili della stupidità dell'uomo; un neo all'interno dell'intrigata mappa della città, difficile da digerire per la propaganda dei politici del blocco Sovietico. Una paranoia insopportabile che aveva un'unica soluzione: radere al suolo l'edificio.

Il freddo dei primi mesi dell'anno era particolarmente pungente, specie se si era costretti a stare fermi a osservare da una torretta nel settore Occidentale. L'agente britannico sapeva che, ben presto, avrebbe avuto occasione di scaldarsi in una missione pazza e suicida: il suo marchio di fabbrica. Dalla torretta oltre Bernauer Straße, osservava gli uomini nella striscia della morte che lavoravano attorno agli ultimi resti della vecchia Chiesa della Riconciliazione.

Individuò la donna grazie alle lenti del binocolo Zeiss Notarem. Si trovava dove doveva essere: in una specie di palco in mezzo alla striscia. Era una ragazza sportiva e la divisa nascondeva a fatica la sua avvenenza. Accanto a lei stava il suo uomo: il generale Strichsmann. Quel maiale pervertito la violentava e la costringeva a sottoporsi alle umiliazioni sessuali più atroci; una ragione in più per lei per convincersi a scappare all'Ovest.

Come si aspettavano, il palco era molto vicino al Muro: cento metri, forse meno, da fare a tutta, battendo qualunque record. L'ego del generale non poteva perdersi l'esplosione e aveva voluto posizionarsi in modo da poter scattare le foto migliori. Era stato lui a inventare la frase del comunicato ufficiale del Governo della RDT che spiegava le ragioni per l'abbattimento: "per incrementare la sicurezza, l'ordine e la pulizia al confine di stato con Berlino Ovest".

Fece una panoramica della situazione, muovendo leggermente il busto e concentrandosi su ciò che le lenti del binocolo portavano alla sua attenzione. All'altezza del palco, nella parte Ovest del Muro, vide gli artificieri allontanarsi.

- Siamo pronti. I cecchini sono posizionati.

Il capo del personale risvegliò l'agente britannico dai suoi pensieri. Annuì e scese dalla torretta di osservazione. Pensava a quando, qualche anno prima, era stato lui a fare il cecchino, tenendo sotto mira la striscia della morte. Era la normale carriera di un mestiere come il suo.

Lo stava aspettando una BMW Serie 3 320i blu scura. Alla guida c'era un ragazzo, avrà avuto venticinque anni al massimo. Sul sedile posteriore lo aspettava un suo collega; indossò il passamontagna e controllò lo stato del fucile d'assalto M16a2 calibro .223 Remington.

L'automobile si posizionò a pochi metri dal Muro e l'uomo a fianco al guidatore scese, nascondendosi dietro al mezzo. I fari nella strada si spensero. Il buio avrebbe nascosto quell'operazione a passanti e giornalisti. All'Est non ne avrebbe parlato nessuno; e neanche all'Ovest. Sempre se non ci fossero stati dei morti. In quel caso, si sarebbe fatto propaganda su quei cadaveri e da entrambi i lati.

Il boato era il segnale: la chiesa crollava con una serie di esplosioni. Contemporaneamente, l'uomo, proteggendosi dietro alla BMW, fece esplodere la carica.

Polvere, frammenti di cemento e un fumo nero uscirono dal Muro mentre l'artificiere risaliva sull'auto. Gli pneumatici stridettero sull'asfalto umido, posizionando la vettura vicino al varco che si era creato. L'autista e l'artificiere uscirono con delle mazze per allargare l'apertura. Quindi, permisero all'agente britannico e al suo collega di entrare nella terra di nessuno. Sentivano gli spari dei cecchini. Voleva dire che ce l'aveva fatta. Eccola: un'ombra scura che correva elegante. L'agente britannico si inginocchiò. Al riparo, nel buio, vedeva bene le guardie tedesche, illuminate sul palco. Puntò alle ginocchia di una di esse che stava per sparare alla ragazza: un colpo preciso e uno spruzzo di sangue uscì dalla gamba che si piegò in modo innaturale. Correva elegante la donna: solo più venti metri. Il suo collega e i cecchini sparavano sulle guardie spaventate. L'agente britannico si alzò per correre verso la donna. Mancavano dieci metri e le mise un braccio attorno al collo.

- Continui a correre. Corra! Corra!

Corse gli ultimi metri insieme a lei, per indirizzarla precisa verso il varco. Sentì un proiettile sibilare vicino a loro e sbriciolare la solidità del Muro che rappresentava la possibile salvezza. Non si voltò. Entrò anche lui in quella piccola porta verso il Mondo Occidentale che avevano creato solo pochi secondi prima. La BMW aveva il motore acceso, si posizionarono sul sedile posteriore e misero la donna in mezzo. L'auto scattò via veloce e gli operai dell'Est avrebbero dovuto fare dello straordinario quella notte per riparare il Muro.

Percepiva il suo cuore battere forte e il suo respiro affannato. La abbracciò per farla sentire al sicuro: il caldo contatto del mondo Occidentale ai freddi periodi del mondo Orientale. O almeno era quello che si voleva fare credere.

Lei mise la testa sul suo petto. Lui si tolse il passamontagna.

Lei lo guardò con il volto bellissimo solcato da lacrime e sudore. Gli occhi tremavano:

- Grazie! Grazie. Come ti chiami.

Fu sorpreso da quanto fosse bella e dalla domanda. Un angelo biondo caduto dal cielo e così spaventato e indifeso che metteva a rischio la professionalità di un operativo abituato alla violenza e alla bruttezza.

- Mi chiami Timothy. Benvenuta in Occidente.

2. La trappola del topo

Erano passati un paio d'anni e Kristina Mayer non era più considerata una testimone sotto scorta. Ormai aveva raccontato tutto quello che sapeva del generale Rudolph Strichsmann, il suo ex amante, ed era una libera cittadina britannica. Il suo protettore, che si faceva chiamare agente Timothy, aveva però mantenuto un rapporto extra-lavorativo e ora osservava il suo corpo sinuoso avvolto in una stretta tuta rossa e blu. Era una sportiva e aveva un sogno che lui poteva soddisfare: conosceva molto bene l'organizzatore della Discesa Libera del trofeo Hahnenkamm di Kitzbühel che era stato il suo maestro di sci. Inoltre, aveva conoscenze all'interno della Squadra Britannica di Sci Alpino. Così, fu facile riuscire a ottenere la possibilità di scendere sulla Libera, subito dopo gli ultimi concorrenti.

Indossavano entrambi la divisa della Nazionale Britannica e nessuno li notava con i pettorali "Z1" e "Z2". Era stato comunicato di mantenere la pista libera perché due persone sarebbero scese dopo l'ultimo concorrente e nessuno si era interrogato troppo sulle ragioni.

Il cronometrista urlò un conto alla rovescia. La vide saltare, aprire il cancelletto e poi sparire, inghiottita dal vortice della Streif. Sentiva il cuore battere forte. Era un ottimo sciatore e conosceva quella pista ma si chiedeva se non fosse troppo anche per lui affrontarla a ritmo di gara. Forse avrebbe fatto meglio a desistere ma, se era partita la ragazza, non poteva fare brutte figure: il suo orgoglio maschile non poteva essere messo in dubbio.

Il tempo passava veloce e il cronometrista gli fece segno di andare al cancelletto. Dalla porticina si vedevano le montagne circostanti e il bosco dove stava per gettarsi. Sotto di lui c'era il precipizio in cui doveva saltare. Iniziò il conto alla rovescia. Fece un respiro profondo. Saltò, aprì il cancelletto con un poderoso rilancio dai bastoncini e si tuffò.

Dopo due spinte era già al fondo del muro e dovette curvare rapido, prima a destra e poi a sinistra. Sentiva il vento sbattere contro il suo corpo: era velocissimo. Si accovacciò per la Mausefalle, la trappola del topo, un salto così denominato perché, se si sbagliava, si rischiava di rimanere schiacciati, come dei topi in un trappola, dalla forza di gravità.

Atterrò in posizione, pronto e concentrato a curvare sul ghiaccio della diagonale che lo stava aspettando. Notò le tracce di chi lo aveva preceduto. La pista era rovinata e cercò un po' di neve molle per avere maggiore aderenza. Una, due curve, tutte in diagonale. Era sulla Stellhang e la forza centrifuga lo stava portando contro le reti. Non teneva più i suoi Fischer RC4 e cercò di piegarsi il più possibile verso destra, mettendo quasi il ginocchio per terra. Sentiva il vento tra le maglie delle reti sempre più vicine. Si trovava solo più a pochi centimetri prima di schiantarsi contro quella parete di plastica intrecciata, quando si piegò verso il centro della stradina. Ce l'aveva fatta: non si era impigliato in quella seconda trappola della discesa e aveva ancora un po' di velocità per affrontare il Brükenschuss. Ora si trattava di stare piegato "a uovo" e vincere l'aria che cercava di frenarlo. Vedeva i pini scorrere veloci; doveva essere stato abbastanza bravo.

Non riusciva a valutare da quanto tempo fosse sulla stradina, quando vide il salto che lo faceva uscire da quel tratto in piano. Era lento e lo affrontò senza particolari problemi. Le pendenze stavano aumentando e cercò di recuperare velocità. Ora, era in un tratto relativamente facile e si accorse che stava pensando al fatto che anche Kristina doveva essere riuscita a passare indenne le prime insidie. Sapeva, però, che non era ancora finita. Cercando di recuperare la concentrazione, si accorse che gli bruciavano i muscoli delle gambe.

Stava andando a tutta. Doveva concentrarsi e ricordarsi le parole del suo maestro. In quella curva a sinistra doveva stringere e la sua traiettoria doveva stare alta. - Stai alto il più possibile. - era le regola che si era ben inculcata nel suo cervello. La stava seguendo alla perfezione, anche se il ghiaccio cercava di buttarlo in basso. Era stato abbastanza alto per affrontare l'Hausbergkante, quella lunga diagonale in pendenza? La risposta poteva essere un bivio tra riuscire ad arrivare al traguardo o finire rovinosamente fuori pista.

Era impossibile stare in posizione, si alzò e sentì gli sci grattare. Non doveva far vincere la forza di gravità o sarebbe terminato troppo basso e ciò avrebbe voluto dire finire addosso alle reti, nella peggiore delle ipotesi, oppure dover risalire e fermarsi, nella migliore. A metà della diagonale era ancora nella parte alta e si sentiva soddisfatto. Rilassò leggermente i muscoli e si mise in posizione per gettarsi nello schuss finale.

Un salto e poi ancora un altro. Un muro di settantamila persone stava festeggiando il podio e tagliò il traguardo, illudendosi che urlassero per lui. La vide sul lato sinistro. Era arrivata anche lei e cercò di fermarsi il più vicino possibile al suo splendido corpo; avrebbe voluto parlare ma i polmoni reclamavano ossigeno e non aveva più forze. La vide correre, entusiasta come una bambina.

- Ci hai messo dieci secondi meno di me! Ma con quello che pesi…

Era bellissima quando rideva così di gusto. Lui non poteva fare altro che cercare di respirare. Lei lo abbracciò e poi lo baciò sulla bocca. Era la medaglia più bella.

3. Kitzbühel mon amour

L'agente britannico avrebbe voluto cenare in un ristorante tipico in Sterzinger Platz ma la folla festante li aveva trascinati per le strade della cittadina austriaca per tutto il pomeriggio, bevendo litri di jagertee e vino caldo e mangiando Powidltascherln, fagottini di marmellata susine, e Buchteln, panini dolci. I giorni dell'Hahnenkamm erano a Kitzbühel un gran carnevale in cui lasciarsi trascinare, spegnendo il cervello. Per l'agente segreto britannico non sembrava vero potersi lasciare andare così, senza doversi guardare intorno, con tutti i sensi iperattivi in cerca del pericolo. Kristina Mayer non era più una persona a rischio. Era passato del tempo e tutto quello che aveva da dire lo aveva detto. Il Governo le aveva anche trovato un posto come traduttrice e insegnante di tedesco. Era una donna britannica; una donna normale di cui potersi innamorare. Si scoprì a ridere pieno di gioia con lei, leggero, senza alcun peso.

Sterzinger Platz era piena di gente. Una banda suonava una mazurka e alcune persone ballavano, ammirati da un pubblico particolarmente ebbro di felicità. E loro due davano proprio spettacolo. Quella coppia di inglesi, così affascinanti, dominava gli sguardi degli spettatori tra cui quelli di un uomo con la folta barba che nascondeva il fatto che fosse l'unico a non sorridere. Aveva in mano una tazza fumante di jagertee che teneva in equilibrio senza perdere neanche una goccia, malgrado la gente attorno a lui lo spintonasse di continuo. Sotto un pesante cappello di lana blu scuro, i suoi occhi osservavano l'irrefrenabile mazurka di quei due turisti inglesi.

Kristina guardò il suo partner inebriata. Da quando lo conosceva, aveva imparato a convivere con quello sguardo duro di chi aveva visto troppa violenza nella vita: occhi impenetrabili e una lieve cicatrice sulla guancia. In realtà, aveva avuto modo di scoprire molte più cicatrici sul suo corpo. Conosceva la forma di ognuna di esse, ma non conosceva il suo nome. Ora era stranita dal vederlo così allegro e spensierato ed era felice di essere con lui in quel momento. Lo baciò sulla bocca, abbracciandolo come se dovesse scappare da un momento all'altro. Anche lei aveva esperienza di violenza. La sua era stata la triste esperienza di aver conosciuto uomini violenti ma, ora, tutto quello non esisteva più. La sua fuga oltre il Muro era stata qualcosa di più che un passaggio di frontiera: era andata oltre la violenza e aveva raggiunto la meravigliosa dolcezza di un bacio e di un corpo avvinghiato al suo per amarla e rispettarla.

All'imbrunire, la temperatura stava per calare, malgrado l'alcool in corpo. I due si intesero al volo e si incamminarono per lo Sporthotel dove l'agente britannico era riuscito a trovare una stanza.

Nell'ascensore si stuzzicavano divertiti. Aperte le porte la ragazza scappò nel corridoio per farsi inseguire come due giovincelli innamorati. Una coppia di anziani li notò e sorrise annuendo.

La stanza era rivestita di pergolato in legno e aveva un buon profumo. I due si baciarono con passione. Le lingue si esploravano per godere il massimo ognuno del sapore dell'altro. L'agente britannico la spogliò con frenesia e iniziò a baciare ogni sua splendida curva. Fecero l'amore con estrema passione, concedendosi l'un l'altra per raggiungere le vette del piacere.

Adorava accarezzarle la schiena nuda, dopo aver fatto l'amore e guardarla in silenzio. Ma lei voleva sempre parlare. Tutte quelle parole. Si voltò piano. Lui le strinse con dolcezza un capezzolo. Lei sorrise e poi lo freddò:

- Non so neanche il tuo nome.

Lui rimase sorpreso ma poi sorrise a sua volta.

- Nel mio mestiere forse è meglio così.

- Ma io ti amo e non è giusto.

- Forse ami Timothy, che ti ha aiutato a fuggire dal tuo passato. Chissà se ameresti anche il vero me, con un mestiere così pericoloso? Sono un agente segreto, un bastardo, bugiardo e presuntuoso.

- Certo che ti amerei, stupido. Ti conosco da tempo ormai. Potrei perfino accettare che tu sia un bastardo, bugiardo e presuntuoso. Potrebbe perfino piacermi.

Si fece serio e pensieroso. Quante volte ne avevano parlato. Poi le prese il volto tra le mani e la guardò negli occhi, ed era difficile sostenere il suo sguardo senza crollare.

- Il mio nome è…

- No, aspetta. Non sono pronta.

La ragazza si liberò e scese dal letto nuda.

- Non così: ubriaca di passione. Poi potrei non memorizzarlo. - rise - voglio essere perfetta. Aspettami ancora cinque minuti. Abbiamo aspettato così tanto. Voglio essere sicura di memorizzare il tuo nome.

La guardò zampettare verso il bagno, sorridendo. Kristina mise la mano sull'interruttore della luce. Premette…

L'esplosione capovolse il letto, lanciando l'agente britannico contro la parete e ricoprendolo con il materasso che lo protesse dalle schegge di legno e dai calcinacci proiettati contro di lui.

4. Oltre il Muro

Ordinò alla hostess della British Airways una vodka Wyborowa e ne approfittò per percorre con lo sguardo il suo corpo sinuoso mentre si piegava a recuperarla. La donna gli aprì la bottiglietta, versandone il contenuto in un bicchiere con del ghiaccio. Diede un occhio alle nuvole sotto di lui, prima di bere un sorso per buttare giù una delle pastiglie prescritte dal neurologo del Servizio Segreto Britannico per curare lo choc subito il giorno dell'esplosione. Erano passati diversi mesi ma non aveva ancora recuperato e, spesso, gli incubi lo tormentavano. L'alcool e i principi chimici lo fecero crollare in un dormiveglia agitato. Si rivedeva nell'ufficio del suo superiore.

- Ha commesso una grave imprudenza a farsi vedere allo scoperto. In ogni caso, il suo dossier è l'ennesima sua recita fantasiosa.

- Mi scusi?

- Vendette d'amore, Stasi e servizi segreti orientali. I tedeschi dell'Est non mettono le bombe. Abbiamo collaborato con la polizia austriaca e l'esplosivo rinvenuto, oltre alla modalità di esecuzione, sono di chiara matrice terroristica: palestinesi deviati che boicottano il percorso di pace con atti di terrore. Non avranno creduto ai propri occhi quando hanno riconosciuto un agente del servizio segreto britannico da far esplodere durante un grande evento sportivo.

- Mi permetta: non credo che i palestinesi potessero essere interessati a me.

- E allora saranno stati i tedeschi dell'Est… Gorbačëv fa la Glasnost e la Perestrojka, l'Ungheria apre le frontiere, il blocco dell'Est cerca di parlarci e, per farci un piacere, fanno saltare in aria due cittadini britannici in vacanza romantica. Mi scusi. So che è stata durissima; ma la smetta! Le proibisco di continuare a indagare. Lei è troppo coinvolto.

- Vorrei dare le dimissioni.

- Si prenda due settimane di ferie. Ha molto arretrato. Vada in qualche isola calda ai tropici. Faccia pesca subacquea. Si riposi. E poi torni.

- Va bene.

- Farò finta di non aver sentito la sua richiesta di dimissioni.

- La ringrazio.

Il passaporto con il suo vero nome stava viaggiando su un volo per Miami con una prenotazione per Kingston. Ma lui, con un passaporto a nome Timothy Grant, stava viaggiando a Berlino dove aveva progettato la sua vendetta privata.

Si svegliò, madido di sudore, mentre l'aereo stava atterrando. Si posizionò al bar dell'aeroporto di Tegel dove ordinò una Berliner Weisse.

- Non hai una bella faccia.

I suoi occhi cerchiati di scuro per i troppi mal di testa, inquadrarono una piccola ragazza bruna dai grossi occhi ambra e un tailleur grigio che cercava di nascondere le sue morbidi curve; si stava sedendo al suo fianco.

- Ciao Debbie, è un piacere rivederti.

Deborah Fixattorney lavorava negli uffici del Settore Britannico di Berlino Ovest e si occupava di gestire la logistica nelle operazioni del Servizio Segreto. Aveva collaborato molte volte con lei.

- Ti stai mettendo nei guai?

- O, forse, mi sono già messo? Come ti ho accennato, il servizio non sa che sono qui. Non vorrei mettere te nei guai…

- Non ti preoccupare. So cavarmela. Sono maggiorenne ormai.

- Meno male! - sorrise l'agente segreto, facendo l'occhiolino alla sua collega - Devo andare dall'altra parte.

- Non puoi aspettare qualche giorno? Ormai è questione di poco e non ci sarà più quella frontiera. Non sappiamo ancora il giorno ma il Muro ha le ore contate.

- No, non posso aspettare.

La donna gli consegnò un visto per cittadini britannici. Quando uscirono dall'aeroporto, lo accompagnò con la sua Fiat Uno Diesel blu metallizzata in città, per raggiungere la Friedrichstraße e portarlo fino al Checkpoint Charlie. Un enorme cartello gli ricordava che stava lasciando il settore americano come se dovesse "lasciare ogni speranza". L'atmosfera era meno tesa rispetto a quando aveva fatto scappare Kristina: da alcuni giorni il governo di Krenz aveva concesso ai cittadini dell'Est permessi per viaggiare nella Germania dell'Ovest e molte persone stavano passando il confine, senza troppi problemi. Diede un bacio sulla guancia a Debbie, ringraziandola, e si mise in fila tra quelli che stavano cercando di passare il confine a piedi.

Un funzionario della RDT controllò annoiato i suoi documenti e lo fece passare. Si voltò un attimo per vedere cosa lasciava. Un cartello gli ricordava che, dall'altra parte, sarebbe tornato "salvo" nel settore americano.

Continuò a passeggiare per la Friedrichstraße, addentrandosi nel Mitte. Faceva un freddo umido di una grigia giornata di inizio novembre. Aveva letto più volte il dossier che riguardava gli uffici del Ministero della Propaganda e, nella sua mente, aveva più volte percorso quella strada. Dopo circa dieci minuti, incrociò Französische Straße e girò a destra. Sullo sfondo, vedeva la torre della TV che gli forniva un punto di orientamento. Camminò per altri dieci minuti e, quando stava per entrare in Marx-Engels-Plats, vide un anonimo e grigio palazzo con un enorme ingresso. Si infilò, sotto gli sguardi sospetti di un poliziotto e cercò la grossa scalinata in marmo. Salì fino al quarto piano.

Dietro ad una porta, trovò una angusta reception con una moquette rossa e delle scrivanie di plastica dietro alle quali erano sedute due donne, quantomeno sovrappeso, e troppo truccate, rispetto alle grigie uniformi che dovevano indossare. Lo guardarono come infastidite di dover sospendere la loro chiacchierata. Una di esse si rivolse al nuovo entrato, chiedendo come potesse aiutarlo. Con un perfetto tedesco, le rispose che si chiamava Timothy Grant e desiderava parlare con il generale Strichsmann. La donna interloquì con qualcuno al telefono, quindi arrivò un uomo dai tratti mediorientali con una folta barba nera, vestito con un'anonima camicia a righe e jeans americani. Senza proferire parola, gli fece gesto di seguirlo. Non poteva saperlo ma si trattava della stessa persona che aveva tenuto d'occhio lui e Kristina quando erano a Kitzbühel, il giorno in cui lei perse la vita nell'esplosione.

Lo fece entrare in un ufficio, indicandogli gentilmente di passare per primo. Ma non era semplice gentilezza. Era solo una scusa per colpirlo con forza sulla nuca. Colui che si era presentato come Timothy Grant, sentì un dolore fortissimo e le gambe che crollavano. E per lui fu buio, all'improvviso.

5. Il tunnel dell'orrore

- Spero che Omar non sia stato troppo rude. Sa, è stato abituato a lottare contro gli israeliani e, a volte, non sa proprio cosa sia il bon-ton.

Era tutto completamente buio attorno a lui. Sentiva la voce gracchiante di Strichsmann ma era intrappolato in una angusta tomba di alluminio. Si agitò, scalciando contro le pareti, prima di capire che si trattava di un tunnel. Iniziò a strisciare verso una piccola fonte luminosa che si era accesa.

- Lei è molto fortunato, sta per entrare nella storia. Sapesse quante persone ho torturato dentro il tunnel dell'orrore. Uscivano pazzi e mi raccontavano tutto quello che volevo sentirmi dire. Penso che lei sia destinato ad essere l'ultima persona al mondo a percorrerlo. Tra pochi giorni diventerà inutile. Obsoleto, direte voi che avete vinto la guerra, con i vostri presidenti cow-boy e i vostri Papi.

Si accese una debole luce. Gli girava la testa e aveva un cattivo sapore in bocca. Si controllò un braccio, avvicinandolo al faretto nel pavimento che si era acceso. Vide un piccolo buco: dovevano averlo drogato.

- Ha già capito la regola? Deve raggiungere una lucina dopo l'altra. È molto semplice. Al fondo, troverà l'uscita. Ero solito fare delle domande lungo il percorso, ma non è il suo caso. La lascerò impazzire di suo. Passerò tra qualche giorno a recuperare il suo cadavere oppure per accompagnarla in qualche manicomio di Berlino. Si diverta. Addio.

Si sentì un urlo terrificante e l'agente britannico si coprì le orecchie. Quindi, si accesero le lucine del percorso. Le pareti erano decorate con foto di uomini e donne uccisi, mutilati o sfigurati che guardavano il malcapitato. Al fondo del tunnel la lucina. Iniziò a strisciare per quella strada. Quelle immagini gli entravano nel cervello. Le sentiva urlare. Provava il loro dolore. Aveva la nausea. Si fermò a metà ed urlò anche lui per far uscire tutto ciò che di negativo aveva dentro. Doveva razionalizzare. La droga non aiutava ma doveva farcela.

Proseguì e raggiunse la seconda lucina.

Capì che non poteva andare avanti per la presenza di un muro di alluminio. Inoltre, si alzò automaticamente una parete dietro ai suoi piedi che gli avrebbe impedito anche di tornare indietro. Sentì un fischio leggero. Cosa stava succedendo? Cos'era quel fumo? Stava entrando del gas!

Non respirava e questa non era un'invenzione della droga. Non respirava veramente. Si mise le mani alla gola. Il cuore batteva all'impazzata. Pensò alle parole di Strichsmann. Quello non era un modo per uccidere le persone ma per torturarle. Ne uscivano pazze, ma vive. Quindi, poteva resistere. Quindi, doveva resistere.

Un attimo prima di perdere i sensi, la parete oltre la sua testa si aprì e il gas fuoriuscì. Poteva di nuovo respirare. Era sudato e impaurito. Cercò di recuperare un battito di cuore regolare. Non doveva farsi prendere dal panico: era quello il gioco del tunnel.

Vide l'altra lucina e, apparentemente, nessun pericolo. Iniziò a strisciare velocemente. All'improvviso le pareti si piegarono, aprendo delle fessure da cui uscirono migliaia di oggetti neri. Cos'erano? Maledizione! Erano tanti piccoli ragni e millepiedi che, in un attimo, ricoprirono il suo corpo. Entravano nelle orecchie nel naso. Sputava! Doveva strisciare, rapido, verso la lucina. Muoversi veloce. La raggiunse ma era ancora pieno di insetti quando un enorme getto di aria calda lo colpì. I ragni volarono via. Cercava di pulirsi veloce, schiaffeggiandosi il corpo. Poi la parete si richiuse, ma il vento caldo non cessò. Era bollente. Le pareti erano diventate rosse e scottavano. Lo stavano cuocendo come in un forno. I pochi ragni ed insetti che ancora aveva sul corpo si rinsecchirono. Ancora poco ed avrebbe preso fuoco anche lui.

Ma, come sempre, un attimo prima che il suo corpo cedesse alla prova che stava sopportando, si spense il getto d'aria calda. Questa volta, però, si accesero tutte le luci. Sentì dei cigolii sotto la parete e il pavimento iniziò a piegarsi.

Il piano su cui giaceva si inclinò di quarantacinque gradi, come in uno scivolo e la forza di gravità lo spinse verso il basso. Due uomini lo presero, affinché non cadesse per terra, e lo posizionarono su una lettiga. Aveva le convulsioni ma lo legarono e gli fecero un'iniezione. Si calmò e si addormentò per alcuni minuti. Quando si svegliò, davanti a lui stava un uomo con la divisa della Stasi.

- È in grado di sentirmi?

L'agente britannico annuì.

- Le chiedo scusa a nome del Governo della Repubblica Democratica Tedesca. Queste sono cose che dovranno essere smantellate. Se lei racconterà di questo, non le crederà nessuno. Non lo usavamo da tempo ma quel pazzo di Strichsmann lo ha mantenuto.

Liberarono l'agente britannico che scese dalla lettiga.

- Può farsi una doccia e cambiarsi l'abito, se vuole, io l'aspetterò qui.

L'agente della Stasi si chiamava Günter Mayerhof e aveva al più una quarantina di anni; profonde cicatrici facevano capire che aveva fatto carriera sul campo.

Dopo la doccia, l'uomo venuto dall'Occidente indossò abiti puliti, una camicia bianca e dei pantaloni di velluto. Mayerhof gli aveva preparato un Johnny Walker 12 anni con ghiaccio. Era quello che ci voleva.

- Direttamente dai nostri fornitori oltre il Muro. - sorrise offrendogli il bicchiere. - Ci troviamo nella stazione della metropolitana di Bernauer Straße: una Geisterbanhof, come diciamo noi berlinesi. Potremmo tradurla come stazione fantasma. Una di quelle chiuse dopo la creazione del Muro. Il Ministero della Propaganda ne aveva fatto degli uffici dove il responsabile interrogatori Strichsmann faceva parlare le persone. Ma Günter Schabowski, l'attuale Ministro, gli aveva ordinato di chiudere questa stanza degli orrori: sarebbero dovuti iniziare i lavori per una riapertura imminente della stazione della metropolitana.

- La ringrazio di avermi fatto uscire.

- Non si preoccupi. Sto tenendo d'occhio Strichsmann. Avrei l'ordine di ucciderlo ma non è così semplice. È un pazzo sadico, molto imbarazzante in questo periodo di cambiamenti politici. Ma è ben conosciuto e ben voluto da alcuni fanatici del vecchio regime e non posso macchiarmi, personalmente, del suo assassinio.

- Capisco.

- Diverso sarebbe se fosse un agente segreto britannico ad ucciderlo. Potrei scandalizzarmi ed essere felice nello stesso tempo.

L'agente segreto britannico finì di bere il suo Whisky.

- Conti pure su di me!

6. Morte a Berlino Est

Strichsmann sedeva sul divano in pelle e guardava nervoso la televisione, fumando l'ennesima "F6" della giornata. Il suo appartamento si trovava all'ultimo piano del palazzo che ospitava pure il suo ufficio. Il salone aveva un'ampia vetrata con vista da una parte su Marx-Engels-Plats e, dall'altra, su un terrazzo che dava sul cortile del palazzo. Dal soffitto pendeva uno splendido lampadario Neverrino Vistosi che il generale tedesco si era fatto regalare da alcuni suoi amici del Partito Comunista Italiano a Milano. Commentava arrabbiato e ad alta voce affinché lo ascoltasse il suo aiutante

Omar che stava pulendo le pistole in cucina.

- Guarda quel senza-palle di Schabowski. Eccolo; cretino! Sei stato in vacanza fino ad adesso. E non sai nulla! Non sai cosa dire! Guardati! Fai pena.

Il Ministro della Propaganda della RDT stava cercando di spiegare la nuova politica di apertura delle frontiere alla conferenza stampa.

Silenziosamente, l'agente segreto britannico stava aprendo la porta dell'alloggio. A quell'ora il palazzo era quasi vuoto e le poche guardie rimaste non si sarebbero chieste le ragioni dei rumori che avrebbero sentito da lì a poco, per non incorrere in imbarazzanti spiegazioni con la Stasi. Impugnava una Walther

PPK/S. Dal corridoio dell'ingresso vedeva la testa di Strichsmann che si agitava nervosamente.

La porta della cucina si aprì all'improvviso. Omar si gettò sull'intruso con un coltello, facendogli cadere la pistola. Sembrava invasato. L'agente si gettò a terra, schivando la coltellata. Percepì la pistola sotto la sua schiena. Omar lo calciò violentemente sulle costole e si sentì pervadere il corpo da un dolore pungente. Il palestinese alzò il coltello per affondare con tutta la forza ma l'agente aveva recuperato l'arma, era riuscito a girarsi rapidamente e a sparare contro il petto dell'uomo. Vide i suoi occhi spalancarsi all'inverosimile e poi rotolò affinché non cadesse sopra di lui.

Non vedeva più la testa di Strichsmann sul divano. Poi percepì un'ombra fuoriuscire sulla sinistra e si gettò nella cucina, evitando una sventagliata di proiettili che sforacchiò le pareti e la porta del corridoio di ingresso. Il tedesco era invasato e sparò all'impazzata dentro il finestrone che rendeva la cucina a vista. L'agente britannico si riparò sotto il tavolo di marmo mentre i proiettili distruggevano qualunque oggetto attorno a lui. Finalmente, l'arma si inceppò e smise di vomitare proiettili: uscì dal tavolo, sparando due colpi senza mirare. Strichsmann stava andando sul terrazzo. Sparò contro la porta a vetri della cucina e uscì fuori anche lui. Il tedesco gli gettò un vaso sulla spalla poi, con un calcio, colpì la mano con la pistola, facendola cadere; così disarmato, si gettò sul corpo del tedesco come in un blocco da rugby. Caddero entrambi tra i vasi con le piante. Il britannico iniziò a colpirlo al volto con una sequenza di pugni come un forsennato, assetato di sangue. Strichsmann riuscì però a divincolarsi, con una ginocchiata nello stomaco. Si rialzarono, entrambi ansimanti. Il tedesco riprovò un calcio che andò a segno nuovamente sulla spalla, provocando un gran dolore. Quindi, gli prese la faccia con la mano e lo schiacciò contro la ringhiera del balcone, cercando di spaccargli la schiena in due. Con una presa e uno spostamento da Judo, fece leva per usare la forza dell'avversario a suo vantaggio e lo fece roteare sopra di lui. Strichsmann si sollevò da terra e volò sopra il britannico per finire sbilanciato sul bordo del parapetto. Sgusciò sotto di lui e lo guardò per un attimo con il volto sconvolto dalla rabbia e dalla fatica.

- Questo è per tutto quello che hai fatto a Kristina, maledetto bastardo!

Scagliò con forza un vaso sulla gamba e sulla mano con cui l'uomo si teneva stretto al balcone e gli fece perdere la presa.

Strichsmann lo guardò con gli occhi stravolti di un pazzo. Sembrava ridere, mentre precipitava giù per cinque piani, senza urlare, quasi come se fosse consapevole che non ci sarebbe stato più un futuro per lui in quella Germania Est. Terminò la sua caduta, disintegrando la capote celeste di una Trabant 601.

Alla televisione, il corrispondente Ansa in Germania Est Riccardo Ehrman stava chiedendo al ministro quando le misure di maggiore apertura sarebbero entrate in vigore. Günter Schabowski iniziò a guardare preoccupato tra i suoi fogli con un imbarazzo che si sarebbe potuto tagliare con il coltello. Cercò, con gli occhi, l'aiuto di qualcuno che, evidentemente, non sapeva come aiutarlo. Si schiarì la voce e, timidamente, cercò di rispondere.

- Come dicevo, come condiviso con i nostri alleati, è stata presa la decisione di aprire i posti di blocco. Se sono stato informato correttamente,… quest'ordine diventa efficace immediatamente.

L'agente britannico stava osservando dal balcone il corpo senza vita del suo rivale; all'improvviso sentì un boato elevarsi dagli appartamenti dei palazzi attorno, come se la squadra della città avesse realizzato un goal.

7. La caduta del Muro

Erano le 18:53 del 9 novembre 1989 quando il Ministro della Propaganda della RDT aveva risposto in maniera così imbarazzata alla domanda del corrispondente dell'Ansa. Decine di migliaia di berlinesi dell'Est, uscirono dai loro alloggi e si accalcarono alle frontiere.

L'agente segreto britannico si incamminò anch'egli lungo Friedrichstraße. Intravide una folla immensa che pigiava il confine di Checkpoint Charlie. I soldati al posto di frontiera telefonavano disperati, senza sapere cosa fare. Qualcuno vicino al britannico aveva uno stereo portatile ed all'improvviso si diffuse a tutto volume la voce stridula dei

Transvision Vamp nella loro hit "I Want your Love": i più giovani ballavano felici.

Anche i cittadini dell'Ovest erano usciti dalle case e si stavano riversando in strada per accogliere i loro concittadini. Erano consapevoli che stavano tutti vivendo un momento storico. Un ragazzo arrivò davanti a Checkpoint Charlie con la sua Golf e delle enormi casse da stereo sul pianale. Aprì le porte e alzò la musica a palla.

"Hey! Teachers! Leave them kids alone! / All in all it's just another brick in the wall. / All in all you're just another brick in the wall."

Dallo stereo uscivano le note dei Pink Floyd come se fossero un segnale per le guardie della frontiera. Senza nessun comando dall'alto, decisero di interrompere i controlli e fecero passare la gente dall'Est all'Ovest. La folla si mosse, urlando di gioia. L'agente britannico camminava, facendosi trascinare, stranito da tutto quel chiasso. Vide il cartello del settore americano e lo superò. Era tornato a Berlino Ovest, se aveva ancora senso chiamarla così, come se fosse stato portato all'interno del centro cittadino dalla corrente di un fiume, caldo di passione. Da quel momento quella era, indiscutibilmente, la città di Berlino senza più suffissi geografici e un'epoca era finita. Un giorno in cui tutti quanti pensarono che mai più ci sarebbero stati muri assurdi a dividere gli uomini tra di loro. Non potevano immaginare che il sonno della ragione avrebbe, presto, creato nuovi muri mostruosi. Ora era tutta una festa e si vedevano concittadini abbracciarsi e felici di offrire ottime birre.

Camminava, ancora stranito, tra la gente e si era perso tra le strade del quartiere di Kreuzberg. Quel clima di festa non gli si addiceva ancora. Aveva appena assassinato due uomini e non percepiva ancora il dolce sapore della vendetta. La gente lo spingeva e lui vagava senza una meta. Conosceva, però, quella sensazione. Non era felice di ciò che aveva fatto ma aveva vendicato Kristina ed era ciò che si doveva fare. Aveva raggiunto il suo obbiettivo e, ora, la sua vita avrebbe potuto svoltare e percorrere una nuova strada.

A un certo punto, sentì qualcuno chiamare il suo nome. Era Debbie, fuori da un locale con una birra in mano. Le andò incontro. Prese il boccale e ne bevve un grosso sorso. Lei lo guardava con gli occhi pieni e commossi, due gemme ambrate in uno splendido ovale. Le accarezzò una guancia e le sorrise. Poi la baciò con delicatezza e lei si lasciò abbracciare teneramente.

FINE

8. Personaggi principali

Agente Timothy: operativo del Servizio Segreto Britannico.

Kristina Mayer: tedesca dell'Est fuggita verso l'Ovest.

Rudolph Strichsmann: generale della STASI.

Deborah Fixattorney: operativa del Servizio Segreto Britannico a Berlino Ovest.

Günter Mayerhof: agente della STASI (nonché personaggio secondario in AGENTE GHOST: REGOLA DI INGAGGIO, Segretissimo Mondadori, 2017).

EXTRA

1. CACCIARE UN FANTASMA

articolo di Marco Donna pubblicato originariamente su Year of The Spy (https://www.facebook.com/yearofthespy/)

Questa non è stata assolutamente una missione facile! Intervistare Darko Bay significa, prima di tutto, andare a stanarlo nel suo covo nascosto. Ma cosa non si fa pur di presentarvi un nuovo eroe dello spionaggio?

La guida che abbiamo recuperato a Bogotà sembra un ragazzino ma le cicatrici sul volto lo rendono maturo e pericoloso. Indossa una bandana del Frente Carbonero e ha guidato una vecchia Suzuki Samurai per più di quattro ore.

Scesi dall'auto i nostri scarponi affondano in una terra fangosa, gonfia di acqua e di umidità. Alcuni ragazzini guardano una partita del campionato di calcio spagnolo in un vecchio televisore a tubi catodici, sotto una tettoia improvvisata, probabilmente in amianto. Ci accolgono degli uomini armati, con facce di contadini, bruciate dal sole e dalla fatica. La nostra guida spiega che stiamo cercando Darko Bay e si mettono a ridere. Dopo una telefonata di alcuni minuti ci permettono di oltrepassare il posto di blocco e ci accompagnano lungo una stretta mulattiera. Arriviamo così al villaggio: strade fangose, baracche e tende che ospitano gli abitanti di quella specie di riserva indiana. Una piazza brulica di persone e ha una specie di bar-ristorante con tavolini di plastica colorata e una bottega con una scritta pomposa rubata chissà dove: "Coiffeur". Darko ci aspetta lì, sulla poltrona del barbiere che ha appena terminato di insaponargli il viso e sta iniziando a radergli la barba.

Ci offrono un liquore forte, denso e dolciastro, probabilmente una specie di rhum che ci slegherà le lingue in una chiacchierata che sappiamo non sarà facile: l'autore è un uomo d'azione che non ama le interviste.

- Buon giorno signor Bay e complimenti per il suo esordio letterario in Italia.

Grazie. Sono molto felice che il mio primo romanzo della serie dell'Agente Ghost sia pubblicato nel vostro paese e in una collana letteraria così prestigiosa.

- Conosce Segretissimo?

Sì, sono un collezionista di romanzi di spionaggio in tutte le lingue e adoravo le vecchie edizioni con le copertine di Carlo Jacono e Ferenc Pinter. Quella collana ha permesso a voi italiani di conoscere autori quali Jean Bruce, Gérard de Villiers, il collettivo Nick Carter, Richard Marcinko, John Gardner e Raymond Benson. E poi ha cresciuto una serie di autori italiani di assoluto livello.

- Ci parli dell'agente Ghost.

Le sezioni Ghost esistono in molti servizi segreti. Mantengono cellule di spionaggio in paesi stranieri, pronte ad accenderle in caso di operazioni fuori dalla legge. Il mio Damon Fletcher è un Ghost in Svizzera per il Servizio Segreto Britannico, pronto a essere ingaggiato dalla sua responsabile Emma Green, quando si tratta di indagare su misteriosi caveau nelle banche elvetiche. Ma deve anche combattere con i fantasmi del suo passato, con l'ossessione di un padre disperso durante la guerra delle Falkland e dall'aver assistito da bambino al suicidio della madre.

- Quanto c'è di autobiografico?

(L'autore sorride divertito)

Assolutamente nulla. O forse tutto.

- Darko Bay è il suo vero nome? O un omaggio a Darko Kerim di "Dalla Russia con amore" che nel film era diventato Kerim Bei?

(Darko Bay alza una mano e il barbiere si allontana dal suo volto, ormai quasi sbarbato. Ci osserva con i suoi occhi azzurri e penetranti)

Se voi conosceste il mio vero nome, non potreste uscire vivi da questo villaggio…

Direi che abbiamo fatto abbastanza per voi… ora non vi resta che leggere

Segretissimo Extra - "Agente Ghost: Regola di ingaggio"

e scoprire tutti i segreti di questo autore.

2. Un mio urlo sul muro di Berlino

articolo di Marco Donna

Era un freddo e umido mese di novembre del 2009 quando visitai per la prima volta Berlino. Erano passati giusto venti anni dalla caduta del Muro e la città si preparava a festeggiare l'anniversario, nuovamente tagliata in due ma, questa volta, da un gioioso domino colorato, composto da grossi blocchi, decorati da artisti e pronti a essere buttati giù la sera del 9 novembre davanti agli occhi commossi di Michail Gorbačëv, Lech Walesa e Angela Merkel. Quella stessa sera Jon Bon Jovi sarebbe tornato nel luogo che venti anni prima aveva simbolicamente preso a picconate, per cantare un paio di canzoni. L'atmosfera era pregna di emozione e il cuore batteva con lo stesso ritmo che aveva permesso all'Europa unita di essere un argine contro le guerre. Solidarietà e accoglienza erano stati i veri picconi contro un confine che era un insulto alla culla della democrazia. Come, in fondo, lo sono tutti i confini.

I miei ricordi tornano alla sera precedente alla grande festa, quando passeggiavamo tranquillamente ad ammirare le decorazioni artistiche di quelle enormi tessere di domino. Una nostra amica si allontanò dal gruppo e fu avvicinata da un signore anziano. La raggiungemmo per assicurarci che non ci fossero problemi e il nostro cuore si riempì della commozione del racconto. Vedendo dei giovani interessati all'evento, quel signore voleva raccontarci di come, improvvisamente, si fosse trovato intrappolato nell'Ovest quando sua moglie e parte della sua famiglia si trovava nella zona Est della città. Per più di venti anni aveva dovuto attraversare un confine difficile se voleva parlare con sua moglie. Ogni volta doveva spiegare alle guardie del confine le ragioni del suo espatrio che spesso veniva negato. Sua moglie morì qualche mese prima la Caduta del Muro. Quel Muro non era un confine tra popoli ma un ostacolo alla vita.

Comunque la si pensi, i confini creano solo tensioni tra chi cerca di superarli e chi è pagato per tenerli chiusi. E le tensioni creano solo violenza e guerra. Ora, sono passati quasi trenta anni dalla Caduta del Muro e i confini tornano di moda, alimentati da cattiva politica. L'umanità è sempre stata costituita da spostamenti e l'immigrazione è sempre esistita. E l'arrivo del diverso ha sempre spaventato le popolazioni. Ma nessun muro ha mai fermato la forza di chi cerca di spostarsi per cercare condizioni migliori nella propria vita. Il mondo globalizzato non poteva che aumentare le tratte di immigrazione e nessun muro potrà essere costruito, senza che qualcuno immagini come oltrepassarlo. Costruire muri è facile ma anche passarci oltre lo è. Pensare politiche di gestione dei flussi migratori e lotta alla povertà che genera delinquenza è complesso e richiede tempo e intelligenza, caratteristiche che purtroppo non fanno parte della classe politica attuale. Osservando gli occhi stanchi di Gorbačëv e Walesa nel maxi schermo la sera del ventennale della caduta del Muro pensai a quanto fossero stati rivoluzionari: dei politici che rischiarono la propria carriera e la propria incolumità per il bene della società. Ora, i politici 2.0 sono solo alla ricerca del consenso facile al tempo veloce di un social network e non parlo (solo) dell'Italia.

E oggi il Muro non è mai così attuale. Le storie di divisione e violenza che ha creato nei suoi ventotto anni di vita, devono continuare a essere combattute e si deve lavorare sempre perché non crescano mai più altri muri. Questa è la nuova sfida politica della globalizzazione. Qualcuno sarà in grado di affrontarla?

3. Le telecronache di Bruno Gattai

articolo di Marco Donna, scritto originariamente nel 2006 per NeveItalia.it

C'è stato un tempo in cui tutte le gare di Coppa del Mondo di Sci erano trasmesse in televisione. E ben due canali si occupavano di trasmetterle: mamma Rai e TeleMontecarlo. E i veri appassionati quale dei due seguivano? Ma, naturalmente il secondo. E perché tradivano la televisione nazionale? Perché il telecronista su TeleMontecarlo era il mitico Bruno Gattai!

Siamo nella seconda metà degli anni Ottanta e nella prima dei Novanta. Il mondo dello Sci Alpino è travolto dal fenomeno Alberto Tomba "la Bomba" e tutti noi italiani ci trasformiamo in esperti di sci, attacchi, scarponi, conduzione della curva, posizione centrale o arretrata. Una gara di Coppa del Mondo raccoglie entusiasmo come la Nazionale di calcio. E su Telemontecarlo c'è lui con le sue improbabili previsioni, le sue perfette analisi tecniche e, sopratutto, il suo coinvolgente entusiasmo.

È grazie a lui, se conosco a memoria ogni curva della Streiff di Kitzbühel come se mi ci fossi allenato per una gara di Coppa del Mondo. E come dimenticare quell'urlo che descrisse l'incredibile volo di Vitalini sulla diagonale: Bruno vede l'atleta italiano spigolare all'inizio del muro e in un crescendo di pathos: *"Non cadere lì! Non cadere lì! Oh mio Dio! È caduto! No! No! Noooooo!"*. Chi si ricorda la drammaticità di quel volo oltre le reti, per fortuna senza conseguenze, può capire l'emozione.

Ma poi...

"Sette e trenta il tempo da battere... forza forza... quattro! cinque! sei! Sei e novantotto! HA VINTO! GRANDE CAMPIONE! La leggenda e la storia dello sci! Adesso Tomba è l'unico nella storia che ha vinto due medaglie d'oro in due edizione diverse dei giochi Olimpici Invernali di Sci Alpino!"

Da lacrime, non è vero? Alberto Tomba entrava nella storia alle Olimpiadi di Albertville del 1992 e Bruno era lì a condividere con noi tutta l'emozione. Qualcuno si ricorda la telecronaca Rai? Boh? Io no.

Ed ancora...

"MOLLA TUTTO ADESSO! GIU'! cinquantanoveezerosetteiltempodabatter e cinquantasette, cinquantotto, E' PRIMOOOO! Quarantaquattrocentesimi! Campione del mondo! Grande Alberto! Cadendo! Incredibile come ha fatto a star su?"

Siamo nel 1996 e Tomba ha appena migliorato il tempo di Urs Kaelin, vincendo lo Slalom Gigante del Campionato del Mondo di Sierra Nevada e sfatando il tabù dei Mondiali.

Certo anche il buon Bruno aveva le sue manie. Ricordo che si era convinto che Matteo Nana sarebbe stato il nuovo Albertone e non smetteva più di cantarci le sue lodi. Forse il ragazzo aveva delle qualità ma i troppi infortuni ne frenarono presto la carriera. Ma Bruno non riusciva a farsene una ragione.

Quando le gare passarono su Italia Uno, condusse le ultime telecronache sull'emittente di Mediaset.

Su vari forum di appassionati, leggo che oggi Gattai è tornato al suo mestiere di avvocato. E non sembra intenzionato a tornare in televisione e alle telecronache.

Non sentiremo più: *"Dio Mio come è entrato dritto! Grande, Grande... è entrato dritto in quella tripla! Un fuoriclasse! Un fuoriclasse!"*

4. Nuovo Cinema Ferrovia

Racconto di Marco Donna pubblicato originariamente su "La Freccia" magazine di Ferrovie dello Stato.

Che cos'è viaggiare?

Un treno sta arrivando alla stazione di La Ciotat e io mi muovo tra la folla che sembra porsi davanti al mio percorso nel vano tentativo di ostacolarmi. I secondi passano velocemente in un conto alla rovescia contro il tempo che, come in un film d'azione, mi deve vedere vincitore. Il mio obbiettivo non è salvare il mondo ma salire sul treno un attimo prima che parta; il mio respiro però è affannato come se, da un momento all'altro, debba catapultarmi su quel convoglio in corsa attraverso le montagne rocciose e combattere, come Steven Seagal, contro nemici che mi vogliono uccidere.

Sono sempre i buoni quelli che vincono: riesco a salire un minuto prima della partenza e sono felice quando scopro che il mio posto è proprio davanti a una donna incantevole. Vorrei parlarle ma, durante il viaggio, basta un mio attimo di distrazione affinché scompaia dalla sua poltroncina, turbando i miei pensieri come se fossi dentro un film di Hitchcock.

Mi alzo per cercarla e attraverso le carrozze, notando il mondo dei pendolari che viaggiano concentrati sui loro smartphone, dimenticando di ammirare il film della vita attraverso i finestrini.

Una ragazza del treno osserva infastidita una coppia di innamorati, come se conoscesse torbidi segreti che dovrebbero rendere impossibile quella relazione.

Proseguo la mia ricerca fino alla carrozza ristorante dove riconosco una spia russa perché ordina vino rosso con il pesce. Neanche fossi un James Bond in una qualunque missione dalla Russia con amore. E, in tal caso, non sarebbe ancora finita per lo 007 che è in me e dovrei anche amoreggiare con una traditrice russa e una maga caraibica, prendermi a botte con un losco individuo dotato di braccio meccanico e distruggere una carrozza con una gru, prima che una mia collega mi spari, mentre stiamo attraversando un ponte su un fiume. Ma la mia fantasia viaggia più veloce dei trecento chilometri orari di quel mezzo e io non ho ancora ritrovato la signora che era seduta davanti a me.

La mia attenzione è attratta da un uomo dall'aspetto rassicurante dietro a dei baffi imponenti. Se dovessi affidare un'indagine a qualcuno mi fiderei ciecamente di uno come Hercule Poirot. Gli descrivo la donna che sto cercando e lui, con un accento insopportabile ma che non ammette repliche, mi indica di proseguire negli scompartimenti successivi.

Mi muovo rapido tra le carrozze fino a quando dei rumori sospetti interrompono la mia ricerca e mi ritrovo abbindolato davanti a un finestrino a immaginare, nella campagna italiana che scorre davanti ai miei occhi, dei pistoleri a cavallo che tentano di assaltarci come in un western che vedevo alla TV da bambino.

Riapro gli occhi e sono seduto al mio posto, sulla mia comoda poltrona. Il mio cuore sobbalza alla vista di quegli occhi celesti attorniati da lunghi capelli rossi che mi osservano. Davanti a me, la bella signora illumina il mio risveglio con lo splendore del suo sorriso.

Che cos'è viaggiare se non un sogno nel cinema della vita?

5. Al servizio segreto del Piz Gloria

articolo di Marco Donna, scritto originariamente nel 2006 per NeveItalia.it

Ricordava una Stube tirolese, con un camino di pietra completo di ceppi che scoppiettavano e lampadari a ruota di carro con candele elettriche rosse. C'erano anche molti oggetti in ferro battuto: bracci per lampade a muro, portacenere, lampade da tavolo e lo stesso banco del bar era rallegrato da bandierine e da bottigliette di liquore in miniatura. Una piacevole melodia di cetra tirolese usciva da un altoparlante nascosto. Quello non era, pensò Bond, un posto dove si potesse sbronzare seriamente.

La vivace prosa di Ian Fleming è quanto ci vuole per descrivere un posto che non sarebbe dovuto esistere. Una costruzione nata nella fervida mente dell'autore scozzese per ospitare il covo del fondatore della Spectre e dieci splendide e potenzialmente letali giovani ragazze.

Ian Fleming pensa il Piz Gloria nel 1963 tra le pagine del romanzo "Al servizio segreto di sua Maestà". James Bond, l'eroe dei suoi romanzi, raggiunge questa imponente costruzione a circa 3.000 metri di altezza *nel gruppo Languard, in qualche punto al disopra di Pontresina, nell'Engadina.* Quando fugge con gli sci, inseguito dai cattivi, scende fino a Samedan, il che fa pensare una possibile discesa dalle vallate del Roseg.

Questa zona in realtà non ha costruzioni tali da poter soddisfare le descrizioni del secondo romanzo della trilogia Spectre e la EON, casa produttrice della saga cinematografica, nel 1968 la sorvola più volte per trovare qualcosa di adatto. Ma il risultato sembra essere vano. Il Piz Gloria è una costruzione fantastica che non esiste nel mondo reale. O forse non è così...

Fin dalla fine del XIX secolo esistono progetti per costruire una stazione ferroviaria sullo Schilthorn, la vetta che sovrasta Mürren, meta di esperti scalatori. Nei primi anni Sessanta prende il via il progetto di costruire una funivia che arrivi sulla sommità a 2.971 metri. Il progetto incontra numerose difficoltà tecniche ed economiche che sono risolte grazie alla passione con cui è seguito da Ernst Feuz. Nel 1967 apre l'ultimo tratto di funivia ma il geniale ideatore del progetto ha un sogno ancora più grande: rendere l'esperienza del visitatore unica grazie ad un ristorante il cui solaio ruoti attorno all'asse centrale, per godere di tutto il meraviglioso paesaggio che spazia dal vicino Jungfrau al lontano Monte Bianco. Si tratta di un progetto molto costoso. La difficoltà di costruire ad un'altitudine così elevata, rischia di farlo naufragare proprio per ragioni economiche.

Nel 1967 Sean Connery lascia il ruolo di 007 nella saga cinematografica più famosa del mondo. Avendo scelto George Lazenby, un modello australiano semi-sconosciuto, per sostituirlo, i produttori mettono mano ad una trama che ricalca fedelmente uno dei romanzi di maggiore successo di Ian Fleming. Si trovano così a dover trovare una location adatta per il covo della Spectre. Sorvolano più volte le Alpi Svizzere senza successo, finché sono attratti dalle gru di Ernst Feuz sulla sommità dello Schilthorn. Scoprono così la costruzione appena iniziata ma a rischio di non essere terminata. È la fortuna del costruttore svizzero che riceve i finanziamenti per terminare la sua opera. E nasce così il Piz Gloria, un'autentica opera d'arte che tutti gli appassionati di montagna debbono visitare almeno una volta nella vita.

Consigliamo di salire sullo Schilthorn in inverno con la prima partenza. Il logo di 007 campeggia fin dal primo troncone di funivia da Stechelberg a Mürren. Dalla cittadina in quota si sale sul secondo pezzo che porta in vetta al Birg, da cui si prende il terzo ed ultimo tratto per lo Schilthorn. Giunti sulla vetta, la splendida pista 10, una nera con una partenza da brividi seguita da lunghi stradoni su un paesaggio unico, è ancora chiusa e siamo obbligati a salire le scale per il ristorante Piz Gloria (proprio lui). Giunti sul suo salone, ci tornano in mente le immagini di un vecchio film del 1969, quando uno strano 007 entra come noi con il volto stravolto dallo stupore e non si capisce se per la vista di dieci splendide ragazze da tutto il mondo o dell'ineguagliabile paesaggio alle loro spalle. Tutto è come allora. Apriamo il menù e ordiniamo senza timori un "James Bond 007 breakfast buffet". Possiamo così accedere a salsicce, uova, frutta, marmellate, yogurt, un caffè nero bollente e quanto più possiamo desiderare. Il personaggio inventato da Ian Fleming è riproposto in tutte le salse (se salite per pranzo potrete ordinare anche un piatto di "James Bond spaghetti", che probabilmente possono essere usati anche per strangolare i vostri nemici). Se riuscite ancora ad alzarvi dopo le meraviglie della colazione, dovete ancora visitare la sala proiezioni e il terrazzo.

La sala proiezioni è una stanza circolare con degli oblò che offrono panorami mozzafiato. Cercate un bottone su una colonna al centro della sala. Non voglio rovinarvi la sorpresa ma sarete proiettati immediatamente in mezzo a documentari della regione. Abbiate la pazienza di aspettare qualche minuto per entrare direttamente nelle scene ad alta definizione del film "Al servizio segreto di sua Maestà" di Peter Hunt.

Quindi non potete non uscire sulla terrazza e gettarvi a terra come James Bond all'assalto del covo della Spectre.

Le ore stanno passando e la pista è ormai aperta. Buttatevi senza paura già dal perfido muro iniziale tutto in contropendenza, come se foste inseguiti dai cattivi armati di mitragliatrici. E ditemi: almeno una volta nella vita non avete pensato di essere veramente un agente segreto al servizio di sua Maestà?

6. Ferro e ninfea

Racconto di Darko Bay pubblicato originariamente su "Note" magazine di Ferrovie dello Stato.

Ferro. Il profumo di una densa umanità si mescolava con la polvere di ferro che l'attrito delle ruote sprigionava dai binari. Un ultimo sguardo dai finestrini e il freddo paesaggio invernale di una pianura imbiancata dalla neve contrastava il caldo dell'aria bollente che soffiava dal riscaldamento. Fuori, nel mondo, qualcuno si opponeva a una società multiculturale ma dentro, in quella carrozza che viaggiava veloce e rumorosa, sembrava di stare all'ONU con i rappresentanti di tante nazioni. Ma non era quel pentolone di colorata umanità a colpire la sua attenzione: aveva notato una ragazza che attraversava veloce i corridoi delle carrozze e l'aveva inseguita, sospettoso. Era rimasto indubbiamente colpito da quella pelle così chiara, quelle lentiggini affascinanti e dai capelli rossi che accompagnavano il movimento sinuoso. Camminava veloce la ragazza, nell'energia della sua gioventù e sembrava spaesata come una novella Alice in un Paese delle Meraviglie. E lui l'aveva seguita fin lì, in quell'ultima carrozza di un treno regionale, dove si era seduta accanto a un ragazzo di origine africana che le aveva sorriso, con la gioia di un amicizia ritrovata.

Ninfea. Profumava di una dolce armonia di fiori, un fresco bouquet di note acquose di ninfea. L'aveva seguita perché lui era la giustizia in quel luogo. L'aveva seguita perché appariva come una ragazza che scappava e non lo poteva permettere. L'aveva seguita perché il suo fascino era irresistibile. Aveva seguito la traccia del suo profumo lungo i corridoi. L'aveva seguita e, ora, la sua missione doveva essere compiuta. Si avvicinò con sguardo severo e profondo, sistemandosi il cappello sulla testa: «Buon giorno. Posso vedere il biglietto,… per favore.»

7. Maremonti

Racconto di Darko Bay pubblicato originariamente su "Note" magazine di Ferrovie dello Stato.

Mi mancano quegli anni in cui la sveglia suonava presto perché bisognava raggiungere la stazione e «tanto si sarebbe dormito in treno». Ricordo quel piccolo convoglio nella stazione di Torino, i cui motori si mettevano in moto a fatica per attraversare, sbuffando, immensi campi coltivati già scaldati dal tiepido sole dell'alba. Il primo tratto era lento e conciliava il sonno, tutti accalcati in quelle soffocanti carrozze. Si arrivava a Cuneo, giusto in tempo per la colazione ed ecco che si sentiva lo sforzo immane delle ruote sui binari. Ferro su ferro a faticare per salite sempre più ripide e impervie. Si attraversava il paese di Pinocchio e poi lo scenario naturale che apriva sul Col di Tenda, come un palcoscenico di teatro che presentava ai nostri giovani occhi l'emozione esotica della Francia. Noi che non volevamo i confini. Noi che amavamo l'Europa e la volevamo così: aperta e ospitale. Noi che, con i nostri pantaloncini corti, rabbrividivamo al freddo di quelle montagne, consci che presto il calore della nostra passione giovanile ci avrebbe riscaldato.

E poi ricordo che quel vecchio convoglio, non smettendo mai di sbuffare, si buttava giù in picchiata per gli stretti canyon del Roya. *Le train des merveilles* lo chiamavano i francesi, sempre così attenti al marketing. Esaltavano un treno che attraversava le meraviglie di una valle tatuata da incisioni rupestri che si perdevano nei secoli antichi. Ma eravamo troppo giovani per pensare alla storia di quei posti. A noi solo una cosa interessava. Da lì a poco la *Promenade des Anglais*, il mare e i divertimenti di Nizza ci avrebbero resi ciò che volevamo essere: protagonisti della vita.

Piccolo spazio pubblicità

Tutti i racconti italiani di Darko Bay

Ex spia britannica infiltrata in territorio straniero, Darko Bay ha lavorato nei Paesi dell'Est, in Argentina, in Turchia e in Medio Oriente. Ora si definisce un avventuriero ma resta un faccendiere implicato in mille traffici. Grazie alla sua passione per la scrittura, ama raccontare questo mondo pieno di intrighi e il suo primo romanzo "Agente Ghost: Regola di ingaggio" è stato pubblicato su Segretissimo Mondadori. Chi lo conosce bene sa come comunicare con lui. Chi lo conosce bene è il suo traduttore italiano che ci racconta la sua storia sul sito http://darkobay.marcodonna.it

Agente Ghost

- "Nessuna regola", racconto pubblicato su "Gli uomini della legione", SEGRETISSIMO MONDADORI, speciale di agosto 2017.

- "Regola di ingaggio", romanzo pubblicato su SEGRETISSIMO MONDADORI Extra di settembre 2017.

Altri

- "Ferro e ninfea", racconto breve pubblicato su NOTE, magazine delle Ferrovie dello stato, del 5 aprile 2018.

- "Maremonti", racconto breve pubblicato su NOTE, magazine delle Ferrovie dello stato, del 24 maggio 2018.

Scaricalo
per KINDLE:

https://www.amazon
.it/dp/B0758WJJ13/

Scaricalo
per KINDLE:

https://www.amazon
.it/dp/B06XKD7G26/

Scaricalo
per KINDLE:

https://www.amazon
.it/Zapping-Marco-
Donna-
ebook/dp/B00OCDU7Y
A/

Scaricalo per KINDLE:

https://www.amazon.it/Spectre-Roma-coriandoli-Marco-Donna-ebook/dp/B0159OI8DW/